YOU ARE
FABULOUS, YOU
ARE BLESSED, YOU
ARE LOVED

THIS NOTEBOOK BELONGS TO :

HAPPY BIRTHDAY 

DATE : __ / __ / ____

GREAT DAY ☺

DATE : __ __ / __ __ / __ __ __ __

GREAT DAY ☺

DATE : __ / __ / ____

GREAT DAY ☺

DATE : __ __ / __ __ / __ __ __ __

GREAT DAY 

DATE: __ /__ / ____

GREAT DAY ☺

DATE : __ / __ / ____

GREAT DAY ☺

DATE : __ __ / __ __ / __ __ __ __

GREAT DAY ☺

DATE : __ / __ / ____

GREAT DAY ☺

DATE : _ _ / _ _ / _ _ _ _

GREAT DAY ☺

DATE: __ / __ / ____

DATE: __ / __ / ____

GREAT DAY ☺

DATE : __ / __ / ____

GREAT DAY ☺

DATE: _ _ / _ _ / _ _ _ _

GREAT DAY 

DATE : __ __ / __ __ / __ __ __ __

GREAT DAY ☺

DATE : __ / __ / ____

GREAT DAY ☺

DATE : __ / __ / ____

GREAT DAY ☺

DATE : _ _ / _ _ / _ _ _ _

GREAT DAY ☺

DATE : __ / __ / ____

GREAT DAY ☺

DATE : __ / __ / ____

GREAT DAY ☺

DATE : __ / __ / ____

DATE : _ _ /_ _ / _ _ _ _

GREAT DAY 

DATE : __ __ / __ __ / __ __ __ __

GREAT DAY 

DATE : _ _ / _ _ / _ _ _ _

GREAT DAY ☺

DATE : _ _ / _ _ / _ _ _ _

GREAT DAY ☺

DATE : _ _ / _ _ / _ _ _

GREAT DAY ☺

DATE : __ / __ / ____

GREAT DAY ☺

DATE : __ / __ / ____

GREAT DAY 

DATE : __ __ / __ __ / __ __ __ __

GREAT DAY ☺

DATE : __ / __ / ____

GREAT DAY ☺

DATE: __ / __ / ____

DATE : __ / __ / ____

GREAT DAY ☺

DATE: __ / __ / ____

DATE : _ _ / _ _ / _ _ _ _

GREAT DAY 

DATE : __ __ / __ __ / __ __ __ __

GREAT DAY ☺

DATE : __ __ / __ __ / __ __ __ __

GREAT DAY 

DATE: __ __ / __ __ / __ __ __

GREAT DAY ☺

DATE: __ / __ / ____

GREAT DAY ☺

DATE : __ / __ / ____

DATE : __ / __ / ____

GREAT DAY 

DATE : __ / __ / ____

GREAT DAY ☺

DATE : __ __ / __ __ / __ __ __ __

GREAT DAY ☺

DATE : __ __ / __ __ / __ __ __ __

GREAT DAY ☺

DATE : __ / __ / ____

GREAT DAY ☺

DATE : __ / __ / ____

DATE : __ / __ / ____

GREATDAY ☺

DATE: __ / __ / ____

GREAT DAY ☺

DATE: __ / __ / ____

GREAT DAY 

DATE : __ / __ / ____

GREAT DAY 

DATE : _ _ / _ _ / _ _ _ _

GREAT DAY 

DATE: __ / __ / ____

DATE: __ / __ / ____

GREAT DAY 

DATE: __/__/____

GREAT DAY 

DATE : _ _ / _ _ / _ _ _ _

GREAT DAY ☺

DATE : __ / __ / ____

DATE : __ / __ / ____

GREAT DAY ☺

DATE : __ / __ / ____

DATE : _ _ / _ _ / _ _ _ _

GREAT DAY ☺

DATE: __ / __ / ____

GREAT DAY ☺

DATE: __ / __ / ____

GREAT DAY ☺

DATE : __ / __ / ____

GREAT DAY ☺

DATE : _ _ / _ _ / _ _ _ _

GREAT DAY ☺

DATE : __ / __ / ____

GREAT DAY ☺

DATE: __ / __ / ____

GREAT DAY ☺

DATE : __ / __ / ____

GREAT DAY ☺

DATE: __ __ / __ __ / __ __ __ __

GREAT DAY 

DATE : __ / __ / ____

DATE : _ _ /_ _ / _ _ _ _

GREAT DAY ☺

DATE: __ / __ / ____

GREAT DAY ☺

DATE : _ _ / _ _ / _ _ _ _

GREAT DAY ☺

DATE : __ / __ / ____

GREAT DAY ☺

DATE : __ / __ / ____

GREAT DAY ☺

DATE : __ / __ / ____

DATE: __ / __ / ____

GREAT DAY 

DATE: __ / __ / ____

DATE : __ __ / __ __ / __ __ __ __

GREAT DAY ☺

DATE : __ / __ / ____

DATE : __ / __ / ____

GREAT DAY ☺

DATE : __ / __ / ____

GREAT DAY ☺

DATE : __ / __ / ____

GREAT DAY ☺

DATE : _ _ / _ _ / _ _ _ _

GREAT DAY ☺

DATE : __ / __ / ____

GREAT DAY ☺

DATE : __ / __ / ____

GREAT DAY ☺

DATE : __ __ / __ __ / __ __ __ __

GREAT DAY ☺

DATE: __ / __ / ____

GREAT DAY ☺

DATE : __ / __ / ____

GREAT DAY ☺

DATE : __ / __ / ____

DATE : __ / __ / ____

GREAT DAY ☺

DATE : __ / __ / ____

GREAT DAY 

DATE : __ __ / __ __ / __ __ __ __

GREAT DAY ☺

DATE : __ / __ / ____

GREAT DAY ☺

DATE : _ _ / _ _ / _ _ _ _

GREAT DAY ☺

DATE: __ / __ / ____

GREAT DAY 

DATE : __ / __ / ____

GREAT DAY ☺

DATE : __ __ / __ __ / __ __ __ __

GREAT DAY ☺

DATE : _ _ / _ _ / _ _ _ _

GREAT DAY ☺

DATE : __ / __ / ____

GREAT DAY ☺

DATE: __ / __ / ____

GREAT DAY ☺

DATE : __ / __ / ____

GREAT DAY ☺

DATE : __ / __ / ____

GREAT DAY ☺

DATE : __ / __ / ____

GREAT DAY ☺

DATE : __ __ / __ __ / __ __ __ __

GREAT DAY ☺

DATE : __ / __ / ____

DATE : __ / __ / ____

GREAT DAY 

DATE : __ / __ / ____

GREAT DAY 

DATE : __ __ / __ __ / __ __ __ __

GREAT DAY ☺

DATE: __ / __ / ____

DATE : __ / __ / ____

GREAT DAY ☺

DATE : __ / __ / ____

DATE : _ _ /_ _ / _ _ _ _

GREAT DAY ☺

DATE : __ / __ / ____

DATE : __ / __ / ____

GREAT DAY ☺

DATE : __ / __ / ____

GREAT DAY ☺

DATE : __ __ / __ __ / __ __ __ __

GREAT DAY ☺

DATE : __ / __ / ____

GREAT DAY ☺

DATE : __ / __ / ____

GREAT DAY 

DATE : __ __ / __ __ / __ __ __ __

GREAT DAY 

DATE : __ / __ / ____

GREAT DAY ☺

DATE : __ __ / __ __ / __ __ __ __

GREAT DAY ☺

DATE : __ __ / __ __ / __ __ __ __

GREAT DAY ☺

DATE: __ / __ / ____

DATE : _ _ / _ _ / _ _ _ _

GREAT DAY 

Made in the USA
Monee, IL
15 February 2022